JÉSUS-CHRIST

POËME EN UN CHANT

Par M. A. DESTRÉS

DOCTEUR EN MÉDECINE, CHEVALIER DE LA LÉGION D'HONNEUR,
EX-MÉDECIN DE LA GRANDE ARMÉE, MAIRE DE MONTLOUIS,
MEMBRE DU COMITÉ D'HYGIÈNE ET DE SALUBRITÉ PUBLIQUE DE LIGNIÈRE,
DÉLÉGUÉ DES ÉCOLES COMMUNALES.

LIBRAIRIE CATHOLIQUE DE PERISSE FRÈRES
(NOUVELLE MAISON)
RÉGIS RUFFET & Cie, SUCCESSEURS

PARIS
38, RUE SAINT-SULPICE, 38

BRUXELLES
4, PLACE SAINTE-GUDULE,

1868

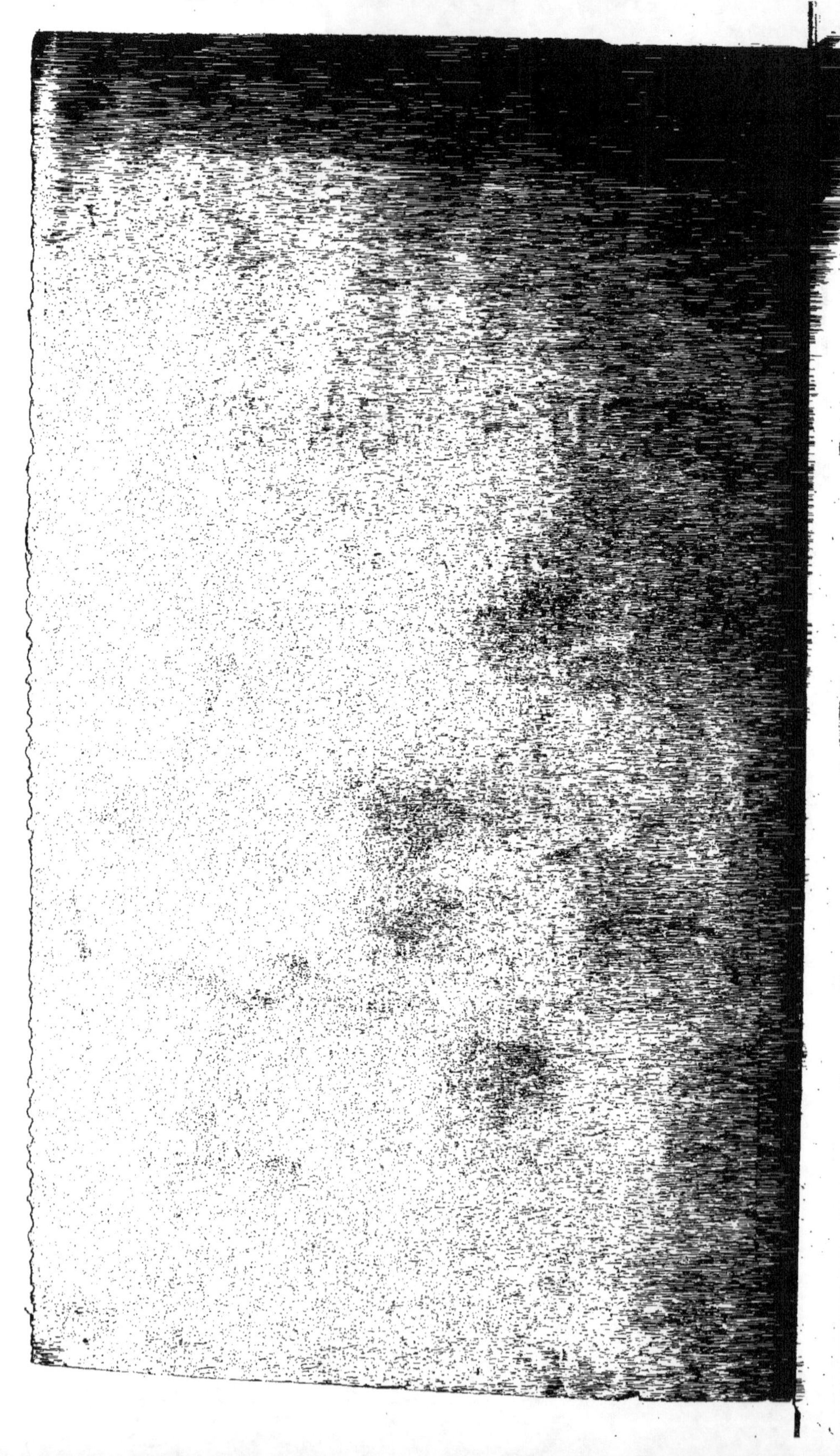

JÉSUS-CHRIST

POËME EN UN CHANT

Par M. A. DESTRÉS

DOCTEUR EN MÉDECINE, CHEVALIER DE LA LÉGION D'HONNEUR,
EX-MÉDECIN DE LA GRANDE ARMÉE, MAIRE DE MONTLOUIS,
MEMBRE DU COMITÉ D'HYGIÈNE ET DE SALUBRITÉ PUBLIQUE DE LIGNIÈRE,
DÉLÉGUÉ DES ÉCOLES COMMUNALES.

LIBRAIRIE CATHOLIQUE DE PERISSE FRÈRES
(NOUVELLE MAISON)

RÉGIS RUFFET & Cie, SUCCESSEURS

PARIS | BRUXELLES
38, RUE SAINT-SULPICE, 38 | 4, PLACE SAINTE-GUDULE,

1868

JÉSUS-CHRIST

POÉME EN UN CHANT

La nature frémit, et la terre attentive
Entend d'un Dieu naissant la voix douce, plaintive ;
Le Christ a vu le jour, l'univers étonné
A tressailli de joie en ce jour fortuné.
Né d'illustres parents au sein de l'indigence
Il honora le pauvre au lieu de l'opulence.
Quels témoins éclatants de sa divinité !
Apparurent alors dans cette immensité !
De son trône éclatant, l'Eternel sur la terre
Envoya des élus annoncer ce mystère.
Ils viennent entourés de rayons lumineux,
Dont l'Eternel toujours honora ses heureux.
Ils viennent, mais comblés de bonheur et de gloire,
Annoncer ce grand jour d'une heureuse mémoire.
Une étoile brillante apparut dans les cieux,
Accompagnant leurs pas dans ces augustes lieux.
Et l'un d'eux, s'adressant à des humbles bergers,
Effrayés à l'aspect de ces grands messagers,

« Je viens vous annoncer qu'un Dieu grand vient de naître,
« Pour régner sur la terre et sera votre maître.
« Il vient vous apporter le bonheur et la paix,
« Vous ravir dès ce jour à la mort à jamais ;
« Il vient vous appeler à la vie éternelle,
« Et payer de ses jours cet excès de son zèle.
« Ne craignez rien, dit-il ! cessez de vous troubler,
« Livrez-vous au bonheur, loin de vous accabler.
« Il vient vous apporter le bonheur et la joie,
« Vous laver des tourments dont vous êtes la proie,
« Remplir cette promesse, à vos pères un jour
« Faite par l'Eternel, dans son ardent amour.
« Il vient verser son sang et payer de sa vie,
« Du premier des humains l'orgueilleuse envie.
« Abaissez-vous, mortels, et courbez votre front !
« Dieu vient vous retirer de l'abîme profond !
« Vous combler de bonheur, de joie et d'allégresse,
« Remplir tous vos désirs et tenir sa promesse.
« Allez, l'astre brillant va conduire vos pas
« Où naquit le Sauveur en ces heureux climats,
« Vous le rencontrerez dans une humble chaumière,
« Reposant doucement entouré de lumière,
« Qui va de la foi sainte allumer le flambeau,
« Et du Sauveur du monde éclairer le berceau. »

Il les quitte à ces mots, et du sein des nuages
Remonte vers les cieux, au delà des orages.
Et ces humbles bergers, abandonnant ces lieux,
Vont, courent adorer cet envoyé des cieux,
Ce fils de l'Eternel prédit par les prophètes.
Ce fut pour eux un jour d'allégresses et de fêtes,

Ils marchent précédés de cet astre éclatant
Dont les flots lumineux inondent chaque instant,
Qui les guide et s'arrête à ce hameau célèbre
Où naquit le Sauveur au milieu des ténèbres.
Bethléem apparaît et se montre à leurs yeux
Tel qu'il fut désigné par l'envoyé des cieux.
Ils pénètrent tremblants dans cette humble demeure,
En louant le Très-Haut et bénissant cette heure.
Se prosternant aux pieds du Sauveur des humains,
Ils l'adorent, le prient, lèvent vers lui leurs mains.
S'adressant à Marie, à cette auguste mère
Du fils de l'Eternel et du roi de la terre :

« Au milieu de nos champs, un envoyé des cieux
« Nous apparut soudain, nous disant qu'en ces lieux,
« Au sein de la douleur, dans une nuit profonde,
« Venait de naître ici le Sauveur de ce monde.
« Nous sommes accourus, guidés par une étoile,
« Qui de l'obscurité nous déchirait le voile.
« O! Divine Marie! O Mère du Sauveur!
« Des malheureux humains le divin Rédempteur!
« Recevez notre encens, nos vœux, notre prière,
« Pour ce fils glorieux qui nous rend la lumière,
« Nous rappelle à la vie, à l'immortalité
« Pour l'aimer, le servir, pendant l'éternité.

Ils s'éloignent alors, au milieu de la joie
Dont leur âme ravie est en ce jour en proie.
Mais Dieu voulant aussi que dans tout l'Orient,
Se connût aussitôt l'heureux évènement,

Il envoie des Elus en prévenir les Mages,
Dont il reçut toujours les vœux et les hommages,
Leur disant qu'en Judée, au sein de Bethléem,
Etait né le Sauveur, roi de Jérusalem.
Transportés à ces mots de joie et d'allégresse,
En apprenant que Dieu tenait à sa promesse,
Brûlant de voir le Christ, le fils de l'Eternel
A leurs pères promis dans un jour solennel;
Ils partent, chargés d'or, des parfums d'Arabie,
Volent vers la Judée, à l'antique patrie
De ce peuple autrefois aimé, chéri de Dieu,
Charmés de voir leur maître en cet auguste lieu;
Vont à Jérusalem, à la vieille cité
Qui du meurtre d'un Dieu se vit ensanglantée.
Hérode y commandait en ce temps fortuné,
Où naquit le Sauveur de gloire couronné.
Orgueilleux du pouvoir, jaloux de sa puissance,
Il redoutait déjà de ce Dieu la naissance.
Ils viennent lui disant qu'un envoyé des cieux,
Descendu sur la terre apparut à leurs yeux.
Qui leur avait appris que Dieu dans sa clémence,
Leur annonçait par lui de son fils la naissance.
Qu'ils venaient adorer ce roi des nations,
Déposer à ses pieds leurs soumissions.
Que charmés de le voir, et leur âme ravie,
Ils lui apportaient l'or, les parfums d'Arabie.

Hérode consterné, craignant pour son pouvoir,
Méditant aussitôt le projet le plus noir,
Par le prophète instruit qu'un Dieu roi devait naître,
Qui viendrait en Judée, et qui serait son maître,

Dit aux mages : Allez ! et revenez bientôt
M'instruire de ces faits, mais n'en dites pas mot.
Ils le quittent soudain, suivent d'un pas rapide
Celui qui les précède et qui leur sert de guide;
Et bientôt Bethléem apparaît à leurs yeux.
A son heureux aspect ils deviennent joyeux ;
Ils approchent tremblants de l'asile modeste
Où naquit des humains le Rédempteur céleste.
A l'aspect du berceau du maître des humains,
Ils tombent à ses pieds, lèvent vers lui leurs mains,
Le priant, l'adorant, lui rendant les hommages,
De leur ardent amour les plus vifs témoignages ;
Présentent à Marie, en ce jour solennel,
Leur or et leurs parfums, leur respect éternel.

Ils les quittent alors emportant dans leur âme
L'image de leur Dieu gravée en traits de flamme.
Retournent au levant, répandant en tous lieux
La venue du Seigneur, de l'Envoyé des cieux.
Hérode, furieux et roulant dans son âme
Contre ce Dieu naissant la plus horrible trame,
Ordonne en ses états, pour remplir son dessein,
De tous les nouveau nés le meurtre et l'assassin.
Bientôt des meurtriers les cohortes horribles,
Versant des flots de sang, et par leurs cris terribles,
Répandent et l'effroi, la consternation :
Israël est en pleurs, en désolation.
Mais Dieu voit et sait tout ; il envoie un des Justes;
Va ! dit-il, vers Joseph ! vers ce mortel auguste !
Dis lui que, sans tarder, il porte au loin ses pas !
Qu'il craigne tout d'Hérode et de ses attentats !

Il croit dans sa fureur assurer sa vengeance,
De son trône ébranlé raffermir la puissance.
Mais Dieu sur ses desseins avait les yeux ouverts :
Joseph instruit par lui traversait les déserts,
Emportant dans ses bras ce Dieu, roi de la terre,
Que suivait, en pleurant, sa douce et tendre mère.
Il vécut et grandit sous un soleil brûlant,
A l'abri des fureurs d'un horrible tyran,
Cultivant les vertus, grandissant en sagesse,
Etonnant les humains, captivant leur tendresse.
Quand fut passé l'effroi de ces temps orageux,
Rentré dans sa patrie en ces moments heureux,
Il venait, dans le temple, adresser sa prière
Au Dieu qui forma tout, à son Maître et son Père.
Jeune encore et poussé par son esprit divin,
Il montrait aux mortels des cieux le vrai chemin.
Les prêtres, les Docteurs, tous vieillis dans le temple,
Recevaient ses leçons ; il leur donnait l'exemple.
Battus sur tous les points par son profond savoir,
Il leur montrait la loi, rappelait leur devoir.
Tous admiraient en lui la sagesse profonde,
Sur les divines lois qui régissent le monde ;
Renversant sans efforts les subtils arguments
Lancés pour l'arrêter en ces précieux moments.
Douze lustres à peine éclairaient son visage ;
Il discutait sans trouble et répondait en sage.
Israël fut témoin des miracles frappants,
Fruits de sa volonté dans ces jours étonnants.
Tout son corps exhalait sa divine puissance,
Les maux étaient guéris par sa seule présence ;
Et les morts, à sa voix, en sortant du tombeau,
Étonnaient les humains d'un triomphe si beau.

O temps trois fois heureux ! où la terre attentive
Contemplait en silence en son âme craintive,
Ce Dieu juste, équitable et rempli de bonté,
Qui paya de ses jours notre immortalité !
Tout en lui respirait la bonté, la clémence,
Étonnait les humains par sa toute-puissance.
Les peuples accouraient des plus lointains climats
Pour admirer ses traits, se pressaient sur ses pas.
Et les mortels heureux contemplaient son visage,
Symbole de douceur, d'un auguste présage.
Lazare, après trois jours en sortant du tombeau,
Charma Jérusalem d'un triomphe si beau.
Les aveugles par lui revoyaient la lumière,
Et les sourds entendaient, à sa douce prière.
Il consacra ses jours au bonheur des humains,
Heureux ceux qu'il touchait de ses puissantes mains :
Il répandait sur eux sa divine lumière,
De leurs corps ténébreux secouant la poussière,
Les rendait à la vie, à l'immortalité,
Présents d'un Dieu clément et rempli de bonté.
La nature pour lui toujours obéissante,
Reconnut son pouvoir, sa parole puissante.

Jésus, environné des disciples chéris,
Se livrait au repos au milieu de leurs ris.
Ils montaient une barque, et la mer paisible
Leur laissait voir au loin une rive accessible.
Quand tout à coup s'élève un vent impétueux
Qui soulève les flots, trouble les moins peureux.
Les vagues s'élevant, une affreuse tempête
Voudrait les submerger, vient fondre sur leur tête,

Menaçant d'engloutir leur frêle bâtiment,
Les disciples tremblants craignent en ce moment,
L'appellent, lui disant : nous allons périr, Maître :
La mort et ses horreurs semblaient leur apparaître.
Jésus, à leur appel, se levant aussitôt,
Il commande à la mer, en arrête les flots.
A sa puissante voix, la tempête se calme,
Ses disciples émus, confus de leur alarme,
Louent leur divin Maître et tremblent à son aspect,
Ses traits chéris, heureux, impriment le respect.
Quand donc votre génie, ouvert à la lumière,
Reconnaîtra de Dieu la puissance première ?
Hommes de peu de foi ! fermerez-vous les yeux
A la voix de mon Père et du Maître des cieux ?
Faudra-t-il donc sans cesse enfanter des miracles ?
Aurez-vous toujours foi dans vos menteurs oracles ?

La Judée, en nos jours, conserve le souvenir
De ce maître divin, attend son avenir.
Tout, la terre, les cieux, attestent sa puissance,
Et rendent témoignage aux jours de sa naissance.
Il consacra sa vie au bonheur des humains,
Heureux ceux qu'il touchait de ses puissantes mains !
Il répandait sur eux sa divine lumière,
De leurs corps ténébreux secouant la poussière,
Les rendait à la vie, à l'immortalité,
Présents d'un Dieu clément et rempli de bonté.

Quand le temps arriva d'abandonner la terre,
De monter vers les cieux, au trône de son Père,

Livré par un infâme aux mains de ses bourreaux,
Il ne se plaignit pas, gémissant sur nos maux;
Il vint, humble, soumis, entendre sa sentence,
Sans paraître étonné, fort de son innocence.
Ainsi qu'une victime appelée à la mort,
Sans trouble, sans effroi, sans regretter son sort,
Au milieu des horreurs d'une foule insensée
Il n'eut qu'un sentiment, qu'une seule pensée :
Obéir à son Père et sauver les humains.
Méprisant les clameurs de tigres inhumains,
En vain on le presse de vouloir bien répondre.
S'il eût dit un seul mot, il pouvait les confondre !
Il fallait qu'il mourût et que son sang versé
Rachetât notre mort et tous nos vieux péchés!
Il ne répondit pas, et son humble silence
De ses accusateurs accroissait l'insolence.
Ils demandent sa mort et leurs cris furieux
Inspirent la terreur et montent jusqu'aux cieux.
Cette foule insensée, ardente, furieuse,
Veut à tout prix sa mort. Elle fut glorieuse !
Excitée en secret des docteurs de la loi,
Ardents persécuteurs de la nouvelle foi.
Conduit devant Pilate, il garda le silence,
Fort de son origine et de son innocence.
Accusé, dit Pilate, êtes-vous bien de Dieu
Le Fils prédit jadis, envoyé en ce lieu?
Je le suis, a-t-il dit! A ces accents sublimes,
La foule s'emporta, réclamant la victime.
Pilate, ne pouvant maîtriser la fureur
De tous ces forcenés inspirant la terreur,
Ne pouvant à leurs flots imposer le silence,
User envers Jésus d'une douce clémence,

Du meurtre de ce juste il se lava les mains,
Ne voulant pas tremper dans ce crime inhumain,
Craignant sur sa maison d'assumer la vengeance
Du Dieu de l'Univers, de braver sa puissance.
Il le remit aux mains de barbares soldats,
Dont le Christ souffrit les affreux attentats.
De verges le frappant, le couronnant d'épines,
En l'accablant d'injures et frondant sa doctrine :
Si tu es fils de Dieu, Roi des Juifs, venge-toi.
Il aima mieux périr et respecter sa loi.
Affaissé sous sa croix jusqu'au lieu du supplice,
De ses jours glorieux il fit le sacrifice.
Sur la terre venu pour sauver les humains,
Il ne démentit pas son nom sacré, divin.
Au milieu des tourments inventés par la rage
Il fut doux, patient, et il périt en sage,
Et cloué sur la croix au milieu des voleurs,
Leur sort l'occupait plus que ses vives douleurs.
A son dernier moment, il appela son Père :
Ainsi fut accompli le plus grand des mystères.

Livré à ses bourreaux à jamais odieux,
Sa mort fut un triomphe et fut celle d'un Dieu !
Il vit tous les apprêts de sa fin si prochaine
Sans trouble, sans effroi, sans murmure et sans haine.
Victime dévouée à sauver les mortels,
Relever du Seigneur le culte et les autels,
Il le priait encore, à son heure dernière,
Aux pécheurs endurcis d'accorder sa prière.
Il pardonna sa mort à tous ses meurtriers
Et il conquit ainsi ses plus nobles lauriers.

L'air, la terre, les cieux et la nature entière
Ont pris part à sa mort, à son heure dernière ;
Apparurent alors dedans l'immensité
Tous les signes certains de sa divinité !
La terre, ensevelie en une nuit profonde !
Les éclats de la foudre épouvantant le monde !
Tout annonça d'un Dieu le supplice et la mort !
Et la nature entière a pris part à son sort !
De ce crime odieux la terre épouvantée,
Se vit abandonnée et dans l'obscurité.
Dans cet instant fatal le soleil se voila
Et du Temple divin le voile se déchira.
Les mortels consternés, et glacés d'épouvante,
Imploraient le Seigneur d'une voix gémissante ;
Et la terre, ébranlée en ses vieux fondements,
Faisait entendre au loin d'affreux mugissements.
La foudre et ses éclats faisaient trembler la terre,
Et des bruits souterrains répondaient au tonnerre !
O ! spectacle terrible ! ô ! spectacle nouveau !
On vit alors des morts qui sortaient du tombeau !!!
Parcourant gravement de Jérusalem sainte
Les murs tant désolés et sa paisible enceinte.
Le peuple épouvanté se jetant à genoux,
Implorait le Seigneur d'apaiser son courroux,
Pleurant et gémissant sur la douce victime,
Maudissant les méchants et détestant leur crime.
La mort et ses horreurs, en ces affreux moments,
Des mortels consternés accroissaient les tourments.
Jérusalem entière, en proie à la tristesse,
Pleurait sur les méchants, pleurait leur allégresse !
Tout annonçait la mort du Fils de l'Eternel
Par les cieux attendu et prédit aux mortels.

Tout s'anéantira, mais sa gloire immortelle,
Survivra dans les temps, sera seule éternelle !
Et les morts à sa voix, sortant de leur tombeau,
Étonnaient les mortels d'un triomphe si beau.
Les malades guéris par sa vaste puissance
Attestent sa grandeur, attestent sa naissance.
Quel mortel eut jamais cet immense pouvoir ?
Adorons le Sauveur, croyons, c'est un devoir.
Tout en lui respirait la bonté, la clémence,
Surprenait les mortels par sa vaste puissance.

Enfin, après trois jours, il sortit du tombeau,
Les humains admiraient un triomphe si beau.
Ses disciples heureux de sa douce présence,
Contemplaient son visage, attestaient sa naissance.
Tout en lui rappelait et sa divinité,
Ses principes sacrés, son immortalité.
Il pardonna sa mort à tous ces misérables
Dont la fureur aveugle arma les mains coupables.
Malheureux instruments de la Divinité,
Du bonheur des humains, de l'immortalité.
Ses disciples, instruits par sa bonté profonde,
Reçurent le pouvoir d'éclairer le vain monde,
Rappelant sans cesse aux malheureux humains,
Qu'ils furent tous sauvés par ses puissantes mains.

Enfin parut le jour à jamais mémorable,
Où ce Dieu bon, clément et toujours équitable,
Après avoir instruit des principes sacrés
Ses disciples chéris et toujours révérés ;

Leur avoir enseigné ses touchantes maximes,
La religion sainte, éternelle et sublime ! ! !
S'éleva vers les cieux, vers le trône éternel
De son Père adoré, de ce Maître immortel !
Qui voit tout et sait tout, règle les destinées
Des peuples quels qu'ils soient, des têtes couronnées !
Rien n'échappe à sa vue au sein de l'univers,
Il règle les destins de ses globes divers,
Tend la main aux mortels que la mort moissonne,
Sans distinguer le rang, sans excepter personne.
Ils sont tous ses enfants, et sa rare bonté,
S'étend sur l'indigent, l'homme de qualité,
Prodigue ses bienfaits à toute la nature,
Avec profusion, sans aucune mesure.
Il tient tous les destins des hommes et des cieux,
Il préside partout, veille sur tous les lieux.

Le Christ environné des disciples en larmes,
S'occupait de calmer, d'apaiser leurs alarmes.
Sur la terre envoyé pour sauver les humains,
Les trouvant assemblés, leur imposa les mains.
Je vais, leur a-t-il dit, remonter vers mon Père,
Au séjour des heureux et loin de cette terre !
Attendu dans les cieux, vous montrant les chemins,
Je veillerai sur vous et sur tous vos destins.
Placé depuis les temps à sa droite chérie,
Vous aurez votre place à la grande patrie.
Quand les temps paraîtront, le Fils de l'Éternel
Reviendra sur la terre au moment solennel,
Entouré de puissance, et du sein des orages,
Commandant à la foudre au milieu des nuages.

Les astres et le soleil vous diront les moments.
La terre ébranlée en ses vieux fondements,
Le bruit affreux des flots et la mer mugissante,
Les hommes consternés et glacés d'épouvante,
Prosternés sur la terre entourant le saint lieu,
Implorant la clémence et la bonté de Dieu.
Quand dis-je, vous verrez ces signes apparaître !
Dites : Le jour est près de revoir notre maître.
Je viendrai pour juger les vivants et les morts.
Chacun aura le prix de ses nobles efforts.
Les justes, appelés à la vie éternelle,
Seront comblés de joie à l'heure solennelle.
Les méchants, les pervers au crime abandonnés,
Privés de voir leur Dieu, s'en iront consternés.
Et s'élevant alors au milieu des nuages,
Il disparut aux yeux, entouré des hommages
Des disciples chéris, accourus pour le voir,
Pleurant leur abandon, en proie au désespoir.

249 — Paris. Imprimerie H. CARION, rue Bonaparte, 64.

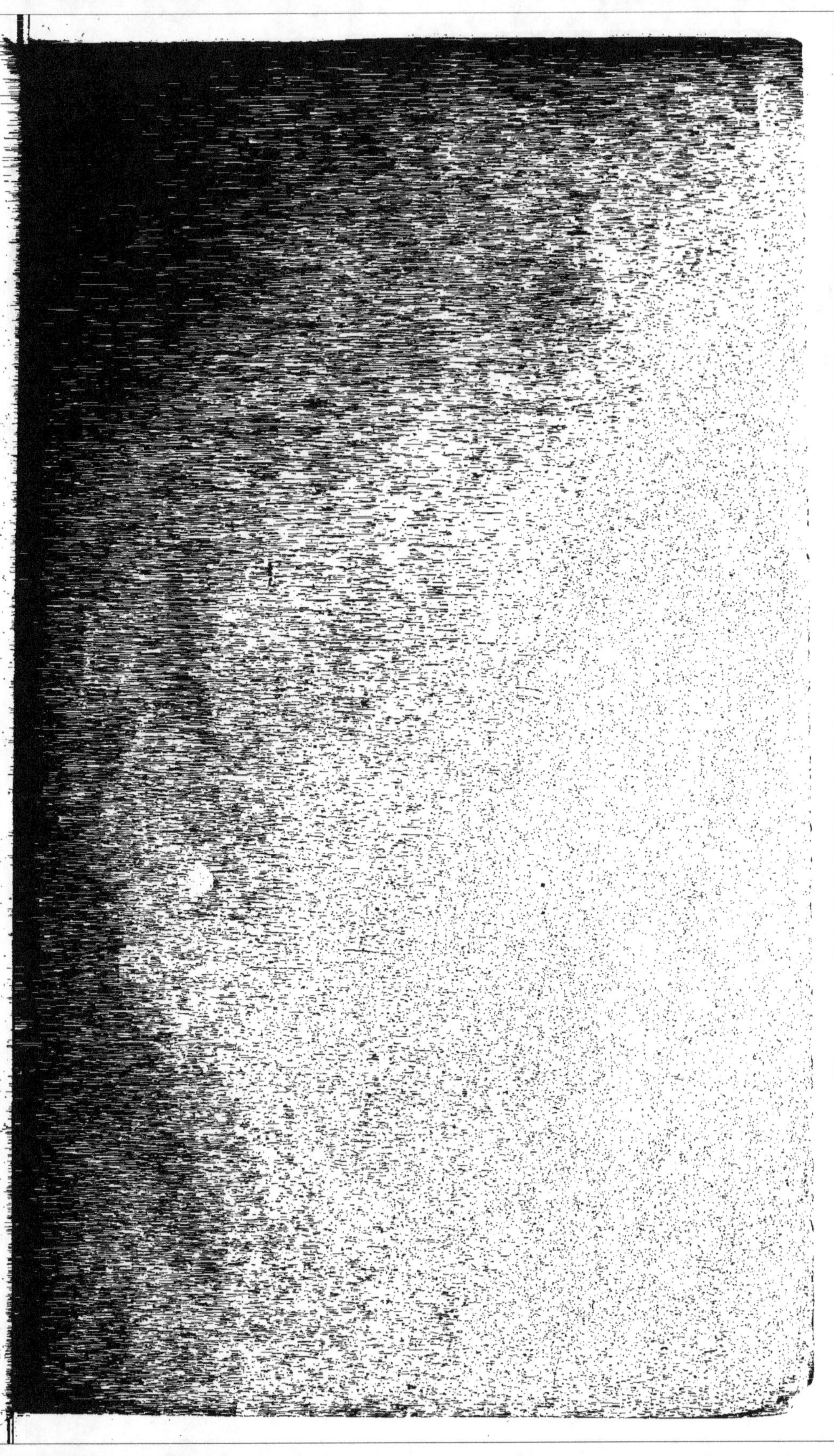

249 — Paris. Imp. H. Carion, rue Bonaparte, 64.